MES AMIS

À VOS MARQUES!
PRÊTS? BOUH!

Judy Katschke
Illustrations de Clare Elsom

Texte français d'Hélène Rioux

SCHOLASTIC

Catalogage avant publication de Bibliothèque et Archives Canada

Titre: À vos marques! Prêts? Bouh! / Judy Katschke ;
illustrations de Clare Elsom ; texte français d'Hélène Rioux.
Autres titres: Ready, Set, Boo! Français
Noms: Katschke, Judy, auteur. | Elsom, Clare, illustrateur.
Description: Mention de collection: Mes amis de classe |
Traduction de : Ready, Set, Boo!
Identifiants: Canadiana 20200214187 |
ISBN 9781443185776 (couverture souple)
Classification: LCC PZ23.K375 Aavo 2020 | CDD j813/.54—dc23

Édition publiée par les Éditions Scholastic, 604, rue King Ouest, Toronto
(Ontario) M5V 1E1

5 4 3 2 1   Imprimé au Canada 119   20 21 22 23 24

C'est l'Halloween!

Dans la classe de Mme Farfelue, on va faire la fête.

On va organiser un concours et il y aura un défilé pour choisir le plus beau costume.

Mme Farfelue aime porter un costume différent chaque jour.

Aujourd'hui, elle est déguisée en sorcière.

— Je vois *bouh-coup* de très *bouh*
costumes aujourd'hui, dit Mme Farfelue.
Tous les élèves sont déguisés, sauf
Marianne. Elle a oublié son costume à
la maison.

À la récréation, Marianne se sent trop triste pour jouer.

Elle s'assoit toute seule sur la balançoire. Mais elle ne reste pas seule longtemps.

TOUT SUR
LES PAPILLONS

par V. O. LETER

Alex vient retrouver Marianne.
Il est déguisé en superhéros.
— Je vais t'aider à te déguiser,
Marianne! dit-il.

Alex vide son sac.
Puis il transforme le sac en masque de dragon!

Marianne aime le masque de dragon.
Il n'y a qu'un problème.
Le masque sent le sandwich au thon!
— Non, merci, Alex, dit Marianne.

Julie s'approche de Marianne.
Elle est déguisée en livre géant.

Julie veut donner un coup de main,
elle aussi.

— Je vais t'aider à te déguiser,
Marianne! dit-elle.

Julie a beaucoup de livres.

Avec ses livres, elle fait des ailes à Marianne.

Elle lui fabrique aussi une couronne et une jupe.

Marianne aime beaucoup son costume de fée des livres.
Il n'y a qu'un problème.
Julie veut encore lire ses livres!
— Non, merci, Julie, dit Marianne.

Charles s'approche de Marianne.
Il est déguisé en zombie joueur de
baseball.

Charles aime les monstres, les sports et les surprises!

— Je vais t'aider à te déguiser, Marianne, dit-il.

Charles conduit Marianne au terrain de baseball.

— Surprise! dit-il en montrant quelque chose.

C'est le costume de Noisette l'écureuil! Noisette est la mascotte de l'école.

Marianne aime le costume.
Il n'y a qu'un problème.
Le costume appartient à quelqu'un
d'autre!
— Non, merci, Charles, dit-elle.

Kono s'approche à son tour de Marianne.
Elle est déguisée en chanteuse rock.

— Je vais t'aider à te déguiser, Marianne! hurle Kono.

— Ouille! dit Marianne en se couvrant les oreilles.

Kono trouve un chapeau à large bord.
Elle déniche un manteau tigré et aussi
un long boa pour Marianne.

Marianne aime beaucoup son costume de vedette de cinéma.

Il est chic.

Il n'y a qu'un problème.

Il pique!

— Non, merci, Kono, dit-elle.

Une araignée géante s'approche
de Marianne.
   C'est Jonathan!

Jonathan adore les insectes.
Il aime aussi beaucoup jouer des tours!
— Je vais t'aider à te déguiser,
Marianne, dit-il.

Jonathan tend un triangle à Marianne. Le triangle est rempli de sable bleu avec des grains noirs.

— Tiens, Marianne, mets-le sur ta tête, dit-il.

Marianne aime beaucoup le chapeau en forme de triangle.

Il n'y a qu'un problème.

— Pourquoi les grains noirs bougent-ils? demande-t-elle.

— C'est ma fourmilière! répond Jonathan en riant.

— Non, merci, Jonathan! dit Marianne.

L'heure de la fête est arrivée.

Marianne n'a pas encore de costume, mais elle a une merveilleuse idée.

Je ne peux peut-être pas défiler avec les autres, pense-t-elle, *mais je peux gagner le concours de notre classe!*

PREMIER PRIX

Pour le concours, il faut pêcher
des yeux en plastique dans
la potion maléfique.

— À vos marques! Prêts? BOUH!
s'écrie Mme Farfelue.

Marianne plonge la tête dans le bac.
La potion verte vole partout.

Marianne pêche cinq yeux en plastique et remporte le concours!

Elle est aussi toute barbouillée!

— Beurk! s'exclame Kono. Marianne, tu ressembles à un monstre gluant!

Marianne regarde fixement Kono.
Un monstre gluant?
Cela lui donne une autre
merveilleuse idée!

C'est l'heure!

Les élèves de Mme Farfelue défilent.

Marianne aussi!

— Joyeuse Halloween! s'exclame-t-elle.